日本の詩

しごと

遠藤豊吉 編・著

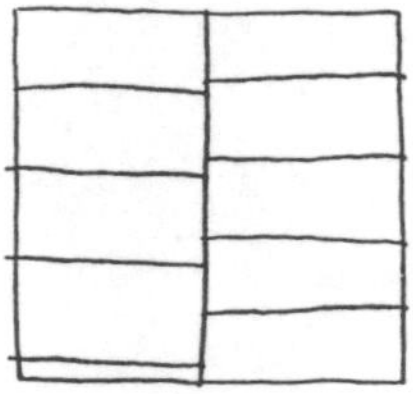

小峰書店

原始から今日まで、人間は働きつづけ、働くことに人間であることのあかしをたててきた。

原始――いまよりはるかに遠い時代。働くということの意味や内容、またその形式はきわめて単純明快《たんじゅんめいかい》だった。生命を保持する。意味は完全にその一点にしぼられ、人間たちは心身の総力をあげて、自然物の獲得《かくとく》にあたった。

現代にもむろんその原則は生きている。だが、働くことの内容、形式は非常に複雑化《ふくざつか》し、ともすれば人間は自分のよって立つ地点を見失いがちになる。

働くということはいったい何なのか。しごととはいったい何なのか。この巻では現代の視点《してん》から、人間であることをあかしだてる労働や仕事の所在をさぐりだしてみたい。

遠藤豊吉

日本の詩＝9

しごと

お鶴の死と俺　坂本遼――4
あすこの田はねえ　宮沢賢治――7
野良道　山村暮鳥――12
山芋　大関松三郎――14
霧がひどくて手が凍えるな　宮沢賢治――17
夜刈りの思い出　中野重治――19
讃歌・母の腰　風山瑕生――23
便所掃除　濱口國男――33

おれたちは自然に玩弄される　渋谷定輔――38
日直　清岡卓行――42
絵巻日本捕鯨法　荒川法勝――49
日本の農のアジヤ的様式について　真壁仁――57
解説――61

装幀・画＝早川良雄

お鶴《つる》の死と俺《おれ》

「おとっつあんが死んでから
十二年たった
鶴が十二になったんやもん」
と云《い》うて慰《なぐさ》められてを(お)ったお鶴が
死んでしもうた

はじめて氷が張った夜《よさ》やった
わかれの水をとりに背戸へ出て
桶《おけ》に張った薄い氷をざっくとわって
水を汲《く》んだ

お鶴はお母《か》んとおらの心の中には
生きとるけんど
夜《よさり》おそうまでおかんの肩をひねる
ちっちゃい手は消えてしもうた

おら六十のおかんを養ふ《(う)》ため
働きにいく

お鶴がながい間飼《こ》ふ《(う)》た牛は
おらの旅費に売ってしもうた
おかんとおらは牽《ひ》かれていく牛見て
涙出た

仏《ほとけ》になっとるお鶴よ
許してくれよ
おら神戸へいて働くど

坂本　遼（さかもと　りょう）一九〇四〜一九七〇
「たんぽぽ」より。小説「百姓の話」。児童詩の運動にも貢献。

＊

〔編者の言葉〕　親が自分の娘を売り、一家の暮らしをささえたなどということは、いまでは信じられない話かもしれない。だが、戦前の東北地方の農村部では、こんなあわれな話がいくらでもあったのだ。

一九三四年、東北地方は大凶作《だいきょうさく》におそわれ、農民のなかには娘を売るものが続出した。当時、山形県山元《やまもと》小学校に勤めていた歌人教師遠藤友介《えんどうともすけ》は、このときのようすをこううたっている。

「ことしは　三〇エンで　たかぐうれだよ」
となみだをのんで　子どもをうったはなしを
するははおや　そのみだれがみに　まっしろい
わらぼこり

あすこの田はねえ

あすこの田はねえ
あの種類では窒素《ちつそ》があんまり多過ぎるから
もうきっぱりと灌水《みず》を切ってね
三番除草はしないんだ
　……一しんに畔《あぜ》を走って来て
　　青田のなかに汗拭《ふ》くその子……
燐酸《りんさん》がまだ残ってゐ（い）ない？
みんな使った？
それではもしもこの天候が
これから五日続いたら

あの枝《し》垂《だ》れ葉をねえ
斯《こ》うい ふ《(う)》風な枝垂れ葉をねえ
むしってとってしまふ《(う)》んだ
……せわしくうなづ《(ず)》き汗拭《ふ》くその子
冬講習に来たときは
一年はたらいたあととは云《い》へ《(え)》
まだかゞやかな苹果《りんご》のわらひ《(い)》をもってゐた
いまはもう日と汗に焼け
幾夜の不眠にやつれてゐる……

それからいゝかい
今月末にあの稲が
君の胸より延《の》びたらねえ
ちや《(よ)》うどシャッツのぼたんを定規《じょうぎ》にしてねえ
葉《は》尖《さき》を刈ってしまふんだ

……汗だけでない
泪《なみだ》も拭いてゐるんだな……

君が自分でかんがへ《(え)》た
あの田もすっかり見て来たよ
陸羽《りくう》一三二号のは《(ほ)》うね
あれはずゐ《(い)》ぶん上手に行った
肥《こ》えも少しもむらがないし
いかにも強く育ってゐる
硫《りゆう》安《あん》だってきみが自分で播《ま》いたら《(ろ)》う
みんながいろいろ云ふ《(う)》だらうが
あっちは少しも心配ない
反《たん》当《あたり》三石《こく》二斗《と》なら
もうきまったと云っていゝ
しっかりやるんだよ

これからの本統《ほんとう》の勉強はねえ
テニスをしながら商売の先生から
義理で教は《(わ)》ることでないんだ
きみのや《(よ)》うにさ
吹雪《ふぶき》やわづ《(ず)》かの仕事のひまで
泣きながら
からだに刻んで行く勉強が
まもなくぐんぐん強い芽を噴《ふ》いて
どこまでのびるかわからない
それがこれからのあたらしい学問のはじまりなんだ
ではさようなら
　　……雲からも風からも
　　　透明な力が
　　　そのこどもに

うつれ……

宮沢　賢治（みやざわ　けんじ）一八九六～一九三三
「校本宮澤賢治全集第四巻」より。著書「宮沢賢治全集」他

＊

〈編者の言葉〉　農村地帯に生活しながら、米づくりの方法を知らない、また稲《いね》の種類はおろか、タンポポ以外の草花の名を知らないという子どもがふえているという。山形県の小学校の先生は言う。

「なによりも親が百姓仕事をいい仕事だと思っていない。つらい仕事のうえ、現金のはいりぐあいも悪い。政府の政策《せいさく》も農民に好意的じゃない。だからにげる。親がにげ腰《ごし》になれば子どもだってとうぜん土から離れる。

　苗代《なわしろ》かきのときになっても土にはいろうとしない。だから、自分がまず田んぼにはいり『おまえたちもはいってこい！』そう言うと、おそるおそるはいってくる。そしてじいさん、ばあさんがドロをあびて米づくりをしたように、手でドロをこねさせる。」

野《の》良《ら》道《みち》

こちらむけ
娘達
野良道はいいなあ
花かんざしもいいなあ
麦の穂がでそろった
ひょいと
ふりむかれたら
まぶしいだら《(ろ)》う
大《でっ》かい蕗《ふき》っ葉《ぱ》をかぶって
なんともいへ《(え)》ずいいなあ

山村 暮鳥（やまむら ぼちょう）一八八四～一九二四
「雲」より。著書「山村暮鳥全集」詩集「月夜の牡丹」他

＊

〔編者の言葉〕 日本の子どもたちが野にさく花々に目をむけなくなって久しいという。しかし、子どもたちは自然を不必要なものとしてほんとうに絶《た》ち切ってしまったのだろうか。いや、それはちがう。

小さな子どもを郊外《こうがい》の野原につれていく。「さあ、自由に遊べ」と言うと、子どもたちは歓声《かんせい》をあげてほうぼうへ散り、草の上をころがる。わたしはシロツメクサで首かざりや指輪《ゆびわ》を作ってみせる。「わあ、きれい」子どもたちはさけんで、自分たちもそれを作りはじめる。

「わあっ、およめさんだ！」子どもたちは、シロツメクサの首かざりや指輪を身につけてかけまわる。そうなんだ。おもちゃ屋で売っているガラス玉のアクセサリーよりも、ずっとずっとすばらしい飾《かざ》りなんだ、と興奮《こうふん》してかけまわる子どもたちの姿を見ながら、わたしも興奮するのだった。

山芋《やまいも》

しんくしてほった土の底から
大きな山芋《やまいも》をほじくりだす
でてくる　でてくる
でっこい山芋
でででこと太った指のあいだに
しっかりと　土をにぎって
どっしりと　重たい山芋
おお　こうやって　もってみると
どれもこれも　みんな百姓の手だ
土だらけで　まっくろけ

ふしくれだって　ひげもくじゃ
ぶきようでも　ちからのいっぱいこもった手
これは　まちがいない百姓の手だ
つぁつぁの手　そっくりの山芋だ
おれの手も　こんなになるのかなあ

大関　松三郎（おおぜき　まつさぶろう）一九二六～一九四四
「山芋」より。詩集「大関松三郎詩集・山芋」

*

〔編者の言葉〕M――かれも太平洋戦争《たいへいようせんそう》で死んでしまった友人の一人である。Mは師《し》範学校《はんがっこう》時代、音楽の教師《きょうし》からどんなにしかられ、どんなにどなられても、ひとつもピアノが上達しない男だった。
「おまえは音楽の才能がないんだよ」と同級生のだれかが言うと「おれは百姓の生まれで指が太いから、いくら練習をやってもうまいぐあいにいかないんだよな」とさびしくうなずくのだった。

そのかわりMは、奥羽線赤岩《おううせんあかいわ》の山中にあった学校林へ植林作業などにいくと、音楽の時間のときとはまるで人が変わったように敏捷《びんしょう》に体を動かした。他の人間が山の斜面にへばりついてもたもたしているとき、かれはきびきびと動いて、見るまに苗木《なえぎ》を植えこんでいった。そして「おーい、Mよ。おれのぶんも手伝ってくれよ」とだれかに言われると、かれはいやな顔ひとつせず、また山の下までおりていって、黙々《もくもく》と鍬《くわ》をふるうのだった。鍬をにぎるかれの手は、はがねのようにやわらかく、そして強く見えた。

Mはおそらく、はがねのように見えたあの手で銃《じゅう》をにぎり、たたかいの火のなかで死ぬときも、その銃をにぎりしめていたのであろう。

『山芋』の作者大関松三郎も太平洋戦争で死んだ。二十歳に満たぬ若さだった。そして小学生のかれに詩を教えた寒川道夫《さむかわみちお》もいまは亡い。寒川の死は一九七七年八月十七日、六十八歳であった。

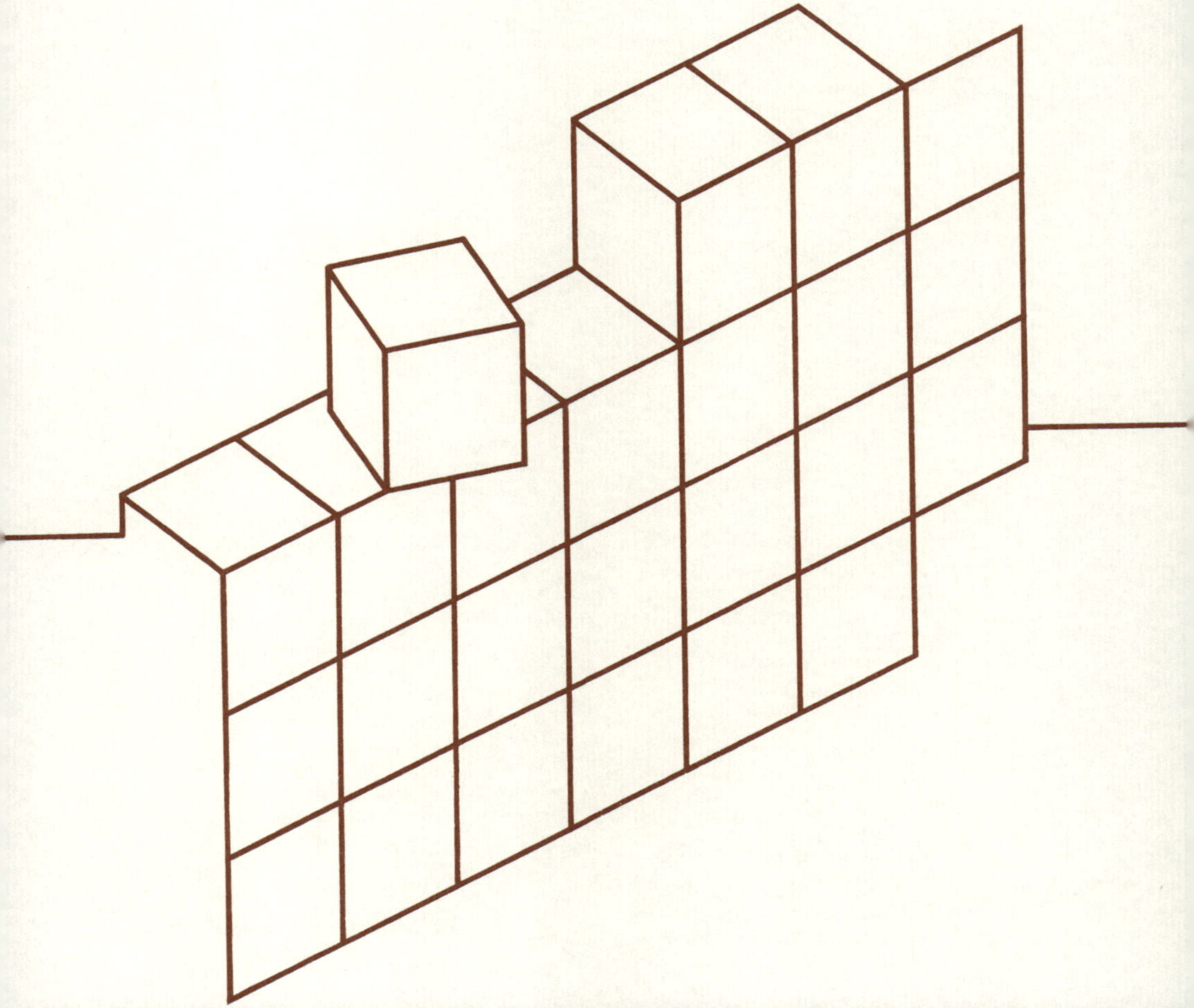

霧がひどくて手が凍《こご》えるな

霧がひどくて手が凍《こご》えるな
……馬もぶるっとももをさせる……
縄《なわ》をなげてくれ縄を
……すすきの穂も水霜でぐっしょり
あゝはやく日が照るといゝ……
雉《き》子《じ》が啼《な》いてるぞ　雉子が
おまへ(え)の家のなからしい
……誰も居なくなった家のなかを
餌を漁《あさ》って大股《おおまた》にあるきながら
雉子が叫んでゐ(い)るのだらう(ろ)か……

宮沢　賢治（みやざわ　けんじ）一八九六〜一九三三
「校本宮澤賢治全集第四巻」より。著書「宮沢賢治全集」他

＊

〔編者の言葉〕　十一歳のとき、隣村《りんそん》の農家から継母《けいぼ》がきた。町場に育ったわたしは、継母の生家をおとずれるまで、一度も農家に足をふみいれたことがなかった。そして、農家といえば家が古く、家畜《かちく》とほとんど同居《どうきょ》状態だからきたない、と自分の家はたなにあげて、勝手なイメージを作りあげていた。

しかし、何度か足をはこぶうち、農家の構造《こうぞう》が生活に即《そく》して、じつに機能的《きのうてき》であることを発見した。広い土間は農具や収穫物《しゅうかくぶつ》の置き場、裏口に近い土間にかまどがあり、裏口をあけると井戸がある。土間の上のはりとはりの間にぶあつい板をのせ、冬の間たくわえておく米その他の貯蔵台《ちょぞうだい》とする、など。

東北の農民はがいして貧しかったけれども、そのなかで精一杯ちえをはたらかせて、人間らしく生きようとがんばっていたのだ。

夜刈りの思い出

わたしらが夜刈《よが》りをせなんだろうかよ
わたしらの腰骨が細かったろうかよ

なるほどおまえらは裁判所をつれて来た
せっかく丹誠《たんせい》した何町　歩《ちょうぶ》がみすみす札を立てられた
そしてわたしらが見まわしたとき
男という男は残らず抜かれていた
で　それで　わたしらがちっとでも立ちすくんだかよ
夜刈りじゃ
動員じゃ

わたしらの声がおまえらに聞えなんだかよ
鋸鎌《のこがま》の目が立っていず
手甲脚絆《てっこうきゃはん》で身ごしらえしたわたしらの自転車が
村から村へいなごのように飛ばなんだかよ
たいまつは田のくろでぼうぼうと燃えていた
火どろは天をこがし
油煙《ゆえん》はおまえらの女房のおびえた襟《えり》くびに取りついた
そしてわたしらは
狐いろのうるちも唐黍《とうきび》いろのもちも一株も残さなんだ
草鞋《わらじ》がけの駐在所にも指一本ささせなんだ

そしておまえらはまたしても男どもを抜いて行った
いたましい縄《なわ》つき姿が村ざかいを出ていったあの三月の
日からもうかれこれ半年《はんとし》になる

で　それで　わたしらのところにボロと古タイヤとがな
かろうかよ
ひとたらしの石油がなかろうかよ
それでこさえるたいまつの数が
おまえらの屋敷の垂木《たるき》の数より少なかろうかよ
娘らは息子どもの片われ
女房らは亭主どもの片われ
なんぼおまえらが法律を変えてみたところで
町で拷問《ごうもん》される男どもの声をわたしらに聞えさすまいと
なんぼ監獄《かんごく》の壁をあつあつと塗りあげたところで
それで　おまえらが　秋の来るのを止《と》められると思うて
いるのかよ
秋の来るのを　秋の来るのを
おお　村の檀那《だんな》衆《しゅ》らよ

あかあかとたいまつに照らされて
わたしらが夜刈りをせなんだろうかよ
わたしらの腰骨が細かろうかよ

中野　重治（なかの　しげはる）一九〇二～一九七九
「中野重治詩集」より。著書「中野重治全集」「梨の花」他

＊

〈編者の言葉〉　四人の息子《むすこ》を太平洋戦争でつぎつぎと失った伯母《おば》。戦後すぐ、伯父《おじ》が病気で入院したときも、一月近くも病院から野良《のら》にかよう生活を続けながらも、ぐち一つこぼさなかった気丈《きじょう》な人だった。

伯母には孫《まご》が一人いた。死んだ長男が残したたった一つの形見に「この孫が一丁前《いっちょうまえ》になるまで、おれも爺《じい》さまも死ねねえんだ」と口ぐせのように言って、戦争で夫を失った嫁《よめ》といっしょに働き続けた。

やがて孫は成人し、結婚《けっこん》した。そしてその年の暮れ、伯母は死んだ。貧しい農家に生まれ、苦しい生活に追われどおしの日々だったが、女としてみごとな生涯《しょうがい》だった、とわたしには思われた。

讃歌《さんか》・母の腰

すべての細い腰
美として讃《たた》えられる腰を持つすべての女たち
わたしの母のスカートに　彼女らは
数人も一緒《いっしょ》に入ることができる
この状態は　やはり
花瓶《かびん》にさされた花のようにうつくしいか

*

乳牛のゆたかな腰をおもい浮べてくれ
輓馬《ばんば》の緊張した腰をおもい浮べてくれ

母の腰の構造があらわれてくるのだ……
きみは笑うかもしれない
村の体育大会のランニングで
敏捷《びんしょう》な娘たちを遥《はる》かにひきはなし
テープを断《た》ちきるのは　つねに
母であることを知らないから

《記憶《きおく》のなかの影たちよ　ああ
希望を鼻唄《はなうた》でしか表現できない人たち
未来をいぶかり　首を垂《た》れる人たち
新天地をさしていく一隊の足取りは乱れていた》

わたしたち一家　父と母と
母の両腰に抱きかかえられた姉とわたしの　幼いきょう

だい
原始林の暗がりを歩いていく母の
腰のうねりに乗っていたのだ　まるで
ゆり籠《かご》のなかの安らぎだった　わたしは
手をのばして草花をつみ　手渡すと
姉はそれをしきりに編《あ》みつづけた
新天地！　わたしたちの土地についたとき
きょうだいは無心に　花環を母の首にかけた
母は笑って父の首にかけ換《か》えた　父は
栄光に飾られた英雄のように身をそらした

小屋が組立てられた　鋸《のこぎり》で森への攻撃がはじまる
処女地とわたしたちの　たたかいの火ぶた
月日は苦闘の予定で満ちていた

一つの木の根を抜くことはその日を使い果すことである
だが
じゃまな日々は死んでいったといおう
必要な未来が生まれ　近寄ってきたといおう
すべての妨害《ぼうがい》の日々は　父の思想と
母の腰投げによって叩《たた》きつけられていったといおう……
わたしは　母の腰にしがみついて
地上の歓《よろこ》びと哀《かな》しみを経由《けいゆ》してきた

《父は開拓団団長　使命は
学び　伝えることだ
学ぶために父はでかけていった　経験者のいる村や町
へ
父は多くのものを持ちかえった

播種《ばんしゅ》と収穫の方法について　家畜の分娩《ぶんべん》について
品種の改良について　野獣の防禦《ぼうぎょ》法について》

多くの日と多くの項目　父は学び人々に伝えた
母は父のノートの整理者　パンフレット印刷者
団員があつまり　母は実演者となる
すばやい作業　確実な動作
さしはさまれる諧謔《かいぎゃく》が人々をなごやかにする
人々は確信を得る　なし得ないのは
自分の心が眠っているからだと知る
そうさ　母の腰は
知恵と行動の意味を人々に触《ふ》れさせる
不恰好《ぶかっこう》だの　豚だの　ビヤ樽《だる》だの　そんな蔑称《べっしょう》は
母の腰からはね返って地に落ちるだけだ

《家々に馬がいた　牛がいた　ようやく機械もひびきは
　じめた
わたしたちの集団は　ちからを感ずる朝を持ち得た
自分のうごきに価値を感ずる昼を持ち得た
安息のための夜を持ち得た
人々は　自分の土地を王のように見廻るのであった》

そのころのことだった
たそがれる牧草の茂みのなかで
父と母の抱擁《ほうよう》を見た　情熱の叫びを聞いた
母の腰が神秘なちからで父を抱いていた
その情景は　きびしくうつくしい柵《さく》にかこまれ
わたしの駆《か》けよる領域ではなかった

「赤ん坊が生れる!」姉の言葉は呪文《じゅもん》のようだった
あれは見えない柵のなかの　厳粛《げんしゅく》なお祭りのようだった
が
わたしは三日も熱をだしつづけた
ああしてわたしも生れることができたのだ
ああしてまた　きょうだいが生れてくるのだ……
わたしはもう母の腰にまつわりつきはしなかったが
精神の波は　ひたひたとその腰に触れにいくのであった

乳牛のゆたかな腰をおもい浮べてくれ
輓馬《ばんば》の緊張した腰をおもい浮べてくれ
母の腰の構造があらわれてくるのだ……

*

コルホーズではたらく女　それはソビエトで
メイドとしてはたらく黒人女　それはアメリカで
霧にびしょぬれて未明の舗道《ほどう》を清掃する女　それは
　イギリスで
冬の海から漁網を引きあげる女　それは北欧で……
　それから
沙漠《さばく》の国の女　未開の国の女
多くの国の多くの女の腰
母の腰のようなでっかい腰
はたらく女たち　はたらく母たち
生産の稔《みの》りを袋につめこむ彼女たち

世界を見るわたしの眼は　その腰を見る
世界を考えるわたしの心は　その腰に触れる

母の腰とそっくりな　多くの国の腰の存在が
わたしを世界の国と親しくさせる
わたしの　世界への理解がそこからはじまったからって
笑うわけにはいくまい
美女の細い腰が　王女扱いにされる世界だって知ってい
　るのだ
でっかい腰に　それはささえられていると理解すること
　を
きみは　笑うことができるか

風山瑕生（かざやま　かせい）一九二七〜
「大地の一隅」より。他に詩集「自伝のしたたり」がある。

*

〔編者の言葉〕　わたしが教師《きょうし》生活の第一歩をふみだした岳下《だけした》村の中学校。ここから十キロ以上もはなれた安達太良《あだたら》の山懐《さんかい》に戦後入植《にゅうしょく》した人たちの開拓地《かいたくち》があった。

その開拓地から、わたしの受け持つ学級に一人の女の子がかよっていた。彼女は毎朝四時半に起き、朝食を作って食べ、父母が起きたらすぐ食べられるようにお膳《ぜん》をととのえて家を出る。週に一度は近所の家から買ってほしいとたのまれた日用品、雑貨《ざっか》の類をはこぶため、大きなかごをせおって登校した。

冬になると、下校のとちゅうで日が暮れる。開拓地の入り口まで父親が提灯《ちょうちん》をもってむかえてくれる。父親がふる提灯の明かりを見ると、疲れがいっぺんにふっ飛んでしまうんです、と彼女は言った。成績もよく、中学の三年間を無欠席でとおした。

嫁《よめ》にいって子どもも何人かでき、そしてその子ももうずいぶん大きくなっていることだろう、と、わたしは二十何年か前を思い出している。きっと強い母親になっているだろう。わたしは彼女の今日を想《そう》像《ぞう》し、豊かな思いにひたるのである。

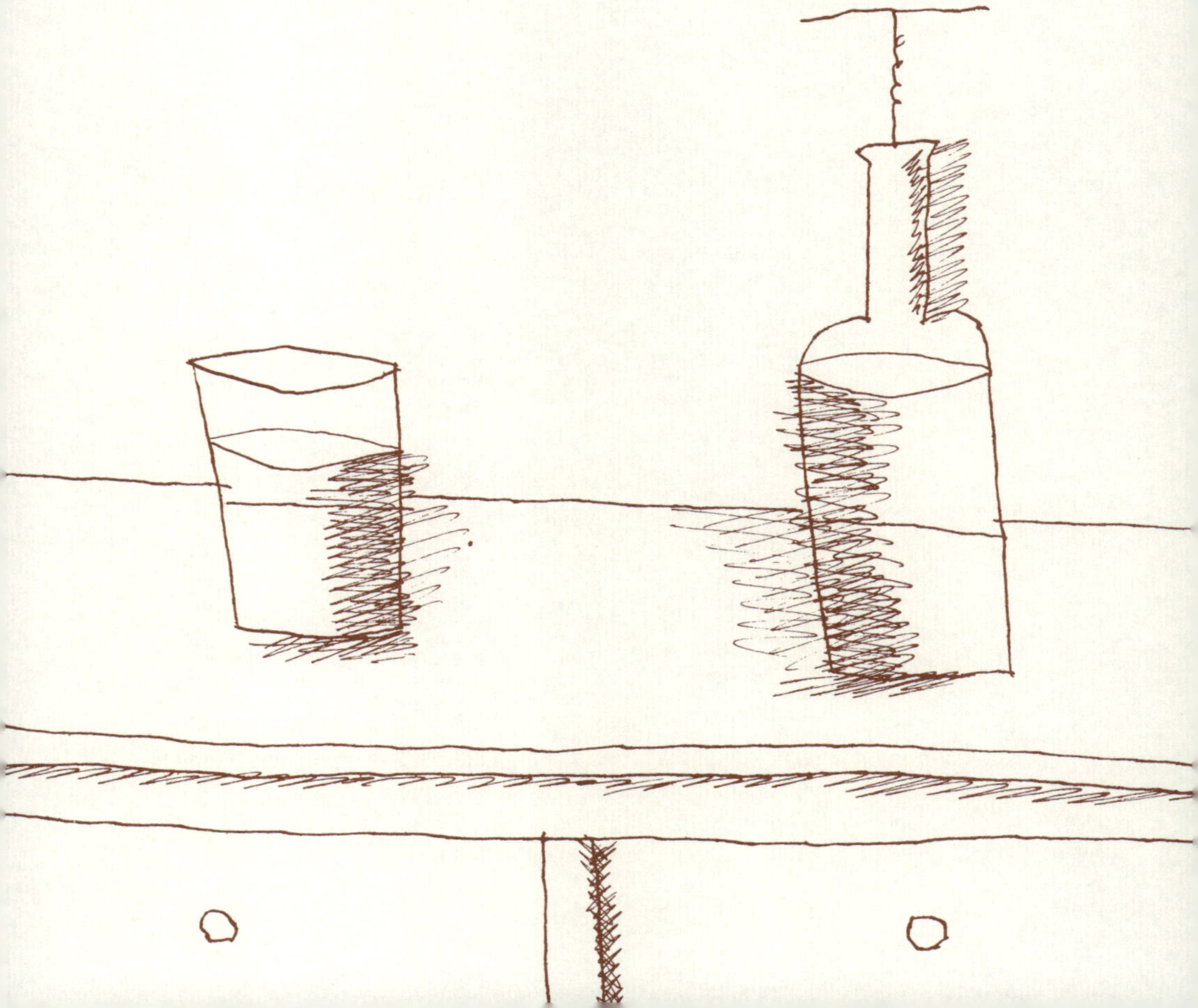

便所掃除

扉をあけます
頭のしんまでくさくなります
まともに見ることが出来ません
神経までしびれる悲しいよごしかたです
澄《す》んだ夜明けの空気もくさくします
掃除がいっぺんにいやになります
むかつくようなババ糞《くそ》がかけてあります

どうして落着いてしてくれないのでしょう
けつの穴でも曲がっているのでしょう

それともよっぽどあわてたのでしょう
おこったところで美しくなりません
美しくするのが僕《ぼく》らの務《つと》めです
美しい世の中も　こんな処《ところ》から出発するのでしょう

くちびるを噛《か》みしめ　戸のさんに足をかけます
静かに水を流します
ババ糞に　おそるおそる箒《ほうき》をあてます
ポトン　ポトン　便壺《べんつぼ》に落ちます
ガス弾が　鼻の頭で破裂《はれつ》したほど　苦しい空気が発散し
　ます
心臓　爪の先までくさくします
落とすたびに糞がはね上がって弱ります

かわいた糞はなかなかとれません
たわしに砂をつけます
手を突き入れて磨きます
汚水が顔にかかります
くちびるにもつきます
そんな事にかまっていられません
ゴリゴリ美しくするのが目的です
その手でエロ文《ぶみ》　ぬりつけた糞も落とします
大きな性器も落とします

朝風が壺から顔をなぜ上げます
心も糞になれて来ます
水を流します
心に　しみた臭《くさ》みを流すほど　流します

雑巾《ぞうきん》でふきます
キンカクシのうらまで丁寧《ていねい》にふきます
社会悪をふきとる思いで力いっぱいふきます

もう一度水をかけます
雑巾で仕上げをいたします
クレゾール液をまきます
白い乳液から新鮮な一瞬が流れます
静かな　うれしい気持ですわって見ます
朝の光が便器に反射します
クレゾール液が　糞壺《くそつぼ》の中から七色の光で照らします

便所を美しくする娘は
美しい子供をうむ　といった母を思い出します

僕は男です
美しい妻に会えるかも知れません

濱口國男（はまぐち くにを）一九二〇〜一九七六
「最後の箱」より。詩はすべて「濱口國男詩集」に収める。

＊

〔編者の言葉〕　十二歳《さい》でみずからの命を絶った高史《こうし》明《めい》氏の子《し》息《そく》岡《おか》真史《まさふみ》君。死後《しご》、残された詩と散文が両親の手によって『ぼくは十二歳』という本に編《あ》まれた。あとがきに付された両親の文章はかなしく、美しく読む人の胸をえぐる。あるとき、真史君は濱口國男の『便所掃除《べんじょそうじ》』を朗々《ろうろう》と暗誦《あんしょう》したという。母親の岡百合子《おかゆりこ》さんは書く。「前にどこかで読んだことがあって私も感動したことのあるこの詩を、図書館の何千冊もある本の中から選択《せんたく》して、そらんずるまで好んだ息子の感受性《かんじゅせい》が、嬉《うれ》しく、頼《たの》もしく、これからは私たち三人、いろいろ文学の話、詩の話、人間の生き方の話など、対話が出来るのだ——と考えたのでした」。

おれたちは自然に玩弄《がんろう》される

どんよりと空は暗く
やんだと思った雨がまたふり出してきた
きょうもいっこう晴れる気配はない

——どうも困ったなあ　まったく
はあ　けさ給桑《くれ》ると　その次くれる桑《くわ》はねえんだが……
父は不安な思いにおそわれながら
腕ぐみをして空をみつめている……（チェッ…）

十円の繭《まゆ》をとるのに

十二円の桑を買わねばならないおれの一家には
あまりにもおし迫る暗い思いが
暗い梅雨《つゆ》空とともにどよめいている

――しょうがねえなあ
きょうもだめらしいねえ
きょうではあ四眠を起きて六日目
天気さえよけりゃ　飛びッ蚕《こ》が出るんだが
こんなじめじめやんだりふったりしているので
なかなかあがりそうもねえ
それに桑がバカに高くて
十分にくれないために

やっとここまで骨をけずってやってきたんだが

もし　一度でも雨のかかったのをくれると
一夜のうちにいままでの労苦は水の泡《あわ》だ
――ああ　早く天気になってもらいてえなあ

どんよりと雲は低く
やんだと思った雨がまたふり出してきた

渋谷　定輔（しぶや　ていすけ）一九〇五〜一九八九
「野良に叫ぶ」より。著書「農民哀史」「土地に刻む」他

＊

〈編者の言葉〉　一九七二年、沖縄《おきなわ》は宿願《しゅくがん》の〈本土復《ふっ》帰《き》〉をはたした。四年後の七六年秋、はじめて沖縄をおとずれたわたしは〈本土復帰〉をなしえたからといって、けっして「本土化」されてはならない沖縄の美を見た。人びとの生きざまもそうだけれども、人びとの生のなかからつくり出された文化も、わたしを深く感動させたものの一つだった。

紅型《びんがた》とよばれる染物。生活の質実《しつじつ》さをそのまま表現した琉球《りゅうきゅう》がすり。そして芭蕉布《ばしょうふ》など。そこにはまさに人間がつくり出した文化そのものがあった。だが、本土の側から言いだした「本土化」とは、それらの文化を観光《かんこう》の対象と化すことであり、商品化することではなかったか。いや、他人事ではない。わたし自身にもそれはあった。たとえば芭蕉布を見る。「ああ、めずらしいものを見た」という反応が心におこり、つぎに「いくらするんだろう」という計算がはたらく。文化の質とその価値《かち》を、いまの貨幣《かへい》単位《い》ではかっているのだ。文化を消費《しょうひ》の対象としてとらえるこの目を、わたしはたまらなくはずかしく思った。ものを消費の対象としてしかとらえないとき、人は、それをつくりあげた人間の労働を見失う。それは、人間の心を見失うことだ。

わが子の衣服を、経済的だという理由で既成品《きせいひん》でまにあわせる母親は忘れてはいないだろうか。母の手製《てせい》の服を着るということは、母親の心を着るのだ、という単純な事実を。

日直

誰もいない日曜日のオフィス。
そのドアを鍵《かぎ》であける前に
かれはもう一度
自分のポケットの中を調べてみる。
十本入のタバコが一箱。
新しいマッチが一箱。

十本は銀紙の中で行儀よく十本のまま。
新しいマッチの箱の頬《ほほ》にはまだ擦《す》り傷《きず》がない。

かれは鍵を廻してドアをあける。
むっとする空気と　暗さの中
螢光灯をつけ　鞄《かばん》を置く。
カーテンを開き　窓をあける。

日曜日の朝の　ビル街からの風。
そこに走ってくる　最初の自動車の色が問題だ。
黒ならば未亡人となった姉に
青ならば新聞記者の飲み助に
クリーム色なら　若い映画監督に
チョコレート色なら　久しく会わない
あの　画商となったつまらぬ女に
電話をかけることを賭《か》けたのである。

白！
かれは鞄《かばん》の中の外国の古典を思いだす。
机に坐《すわ》る。
しかし　鞄から取りだしたものは
買ったばかりの小型トランジスタ・ラジオ。
流れてくるものは　牧師の話
ワルツ
野菜の値段。
かれは朝刊の束をほどいて
昨日の世界に視《み》入る。
ガスで湯をわかし　お茶をいれる。
そのマッチを一本別の茶碗に入れる。
本日特別の灰皿である。
寝坊して朝飯をぬいた　早目の昼飯はうまい。

途中で買ったコロッケ三つとクロワッサン。
伴奏の放送は浄瑠璃《じょうるり》。
やがて　ソファで昼寝する。

何時間何十分眠ったかかれは知らない。
とにかく　小説を読む時刻である。
読みつづけると　エレノールは言うのだ
（どうして希望を返して下さったの？）
（寒気《さむけ》がしてきたわ）と。
かれはふと電話をかける
満二歳になったばかりの自分の男の子に。
すると　片言の返事が宙に浮く。
（パパア？
　パアパン！

バッパア！）

かれは手のひらに
昨日の赤インクの　金平糖《こんぺいとう》のような形を見つける。
爪が別の生き物のようにのびている。

ようやく　帰る時刻だ。
急にかれは真剣になる。
残っているタバコは二本
灰皿の中の吸がらは八本。
灰皿に捨てたマッチは九本
マッチの頬《ほほ》の傷は九つ。
あくまでも合理性を信仰する！
その灰皿を水びたしにしたあとで
なおも　部屋の中をあちこちから

しゃがんだり　立ったり　這《は》いつくばったりして
さまざまな角度の視線で点検する。
煙はないか？

窓をしめ　カーテンをかけ
蛍光灯を消し　鞄をもって
オフィスに再びがちゃりと鍵をかけると
かれは愉《ゆ》快《かい》な通行人である。

清岡卓行（きよおか　たかゆき）一九二二〜二〇〇六
「日常」より。著書「清岡卓行詩集」「アカシアの大連」他

＊

〔編者の言葉〕　わたしが子どものころかよった小学校は、戊《ぼ》辰戦争《しんせんそう》（一八六八年）で焼けおちたお城のすぐわきにあった。木造平屋《もくぞうひらや》の古びた学校だった。
　あれはわたしが小学校五年生のころのことだった

ろうか。秋だった、と記憶《きおく》している。ある日曜日、教室に友だちから借りた本をおき忘れたことを思い出して、学校にかけこんだことがあった。

日曜日の学校はがらんとしてさびしかった。職員室の陽だまりで、日直の女の先生がひとり、ぽつんと編物をしていた。放課後になると、よく音楽室でピアノ曲をひいている先生だった。近づいていくと、

「なあに？」と言って目をあげた。

いつものこの先生のにおいとちがう、とわたしはとっさに感じとっていた。香水をつけているんだ、と思った。むかしのいなかの学校だったから、ふだんは女の先生でも香水をつけるようなことはなかった。きょうは日曜日で、学校にはだれもいないから、とっておきの香水をつけてきたんだ、と思った。その先生が、とても美しい人に見えた。

つぎの日、休み時間に廊下《ろうか》でその先生とすれちがった。きのうのにおいは、もうなかった。なんとはなしに、わたしはさびしかった。

絵巻日本捕鯨法《ほげいほう》

遠くから逆《さか》まく波が寄せ
その三角波が魂《たましい》を湧《わ》きたたせる
眩《まぶ》しい光の縞《しま》の流れ
それはおれに快《こころ》よい色彩をあたえる
おれの織《お》りなす錦絵《にしきえ》の断層なのだ
太郎　五郎　七郎太
おれは勢子《せこ》舟《ぶね》の中で
向う鉢巻《はちまき》
太陽をあびて
歌舞伎《かぶき》もどきに立っている

紫色の暗礁《あんしょう》のかげ
腰さすは大段平《だいだんびら》
あまりにもこわい静けさ
光が丘すら波打たせ
物見《ものみ》の弥左衛門《やざえもん》殿小手《こて》をかざし
いまや遅しと鯨《くじら》を近づけようとする
もう村には子供たちはいない
寺も　漁師の家も
樹々《きぎ》も　貝殻も　すべてきえうせ
村は不気味《ぶきみ》な海のなかに包まれている
荒々しく落された暗幕
水平線よりせりあがってくる大鯨
拍子木《ひょうしぎ》の音
大太鼓《おおだいこ》

「やや　あらわれたり　大鯨」
みひらいた大目玉
不意に動にうつる
見よ碧空《あおぞら》にあがる
大のろし
鯨だ　鯨だぞ
それ漕《こ》げ
よし　いくぞ八丁櫓《ろ》
数千の勢子舟は
絵巻のなかでもえている
逆まく波に呑《の》まれそうになり
その下をくぐるように
鯨に襲《おそ》いかかっていく
海は荒々しく砕《くだ》け

雄叫《おたけ》びあげる大漁船隊
赤　黄　青の大漁旗《たいりようき》
一番船　二番船
おれたちは舟べりを叩《たた》きながら追いつめる
なんと鯨は大きな耳をもっているらしい
海を渡る潮風はしばたたく
じりじりじりと
遠巻きに　八丁櫓
一番乗り　二番乗り
すすむ網船
追いつめられた大鯨は大反転
ぬかるでないぞ　四郎　重八郎
あがる水しぶき
ばらりと落ちかかる七色の水球《みずたま》

遠くへ投げかける網はするすると飛ぶ
さよう「御用《ごよう》　御用」の捕《と》り手《て》よろしく
大鯨は網にかけられ
ゆれ動めき　左右前後に走る
十重《とえ》二十重《はたえ》の勢子船に
阿《あ》修羅《しゅら》のように鯨は見得《みえ》をきる
拍子木の音
舟の上の漁師はおもいおもいに
形をとる
おれは八丁櫓をかざす
ダダッ　ダダッ　ダダッ　海の花道より
裸《はだか》　姿の羽刺《はさし》の次郎兵衛
音羽屋《おとわや》　立役《たてやく》
大きく背のびして銛《もり》は投げられる

続く羽刺《はさし》の数百の銛
空の時間に穴をあけ
悪霊《あくりょう》にむかいギラギラととぶ
虚空《こくう》から落下する銛を受け
傷だらけの大鯨は血しぶきあげ
下郎推参《げろうすいざん》
見よ　とびこむ飛び込む百の羽刺
太郎　五郎　七郎太
狂った命の格闘が続く
茂助は血のりを浴びて
大包丁《ほうちょう》をふるう　鼻切り
尾をひるがえし
うたれるもの
いどむもの

いまや混沌《こんとん》は世界をおおい
太陽は青ざめ
海は真白になる
背びれに穴あけ
四郎　重八郎
持双船《もっそうぶね》の丸木にしめられ
さすがの悪党も苦悶《くもん》の態《てい》
鯨に背乗り
おれは大段平をふるい
鯨の心臓を刺《さ》す
とどめの一撃
ふきだす血しぶきは海をそめ
「無念なり　このうらみなんで忘れようぞ」
大鯨は海の舞台で

唇《くち》の端を押しあげる

荒川　法勝（あらかわ　ほうしょう）一九二一～一九九八
「鯨」より。詩集「生物祭」評論集「宮沢賢治・詩がたみ」他

＊

〔編者の言葉〕　一九四五年夏、終戦。心も体もぼろぼろになっての復員《ふくいん》。教師《きょうし》の資格は持っていても、こんな状態では、ほんものの教師にはなれまい、と考えた。そんなわたしにできる仕事は、魚群探知《ぎょぐんたんち》の飛行機にでも乗って、空を飛びまわるくらいのことではないか、ばくぜんとそんな幻想をいだいていた。
だが、空は占領軍《せんりょうぐん》のアメリカの支配下にあって、その望みもなかった。病気の父親をかかえ、お金のたりなかったわたしは、いなかの小学校の校長の、「先生がたりないから、ぜひ」というたびたびの催《さい》促《そく》に応じて教師になり、わたしの幻想は現実のまえにくずれた。それがわたしにとってよかったのかどうか。あれから三十年以上たったいまでも、あの幻想を思い、考えこんでしまうことがあるのだ。

日本の農のアジヤ的様式について

越後平野の百姓も、手で畔《あぜ》を撫《な》でていた。
畔は、落差をささえながら、山山の谷間までのびて棚田《たなだ》をつくっている。
畔に水が湛《たた》えられると、日本の全風景は大きな湖となってしまう。
そこに禾本科《かほんか》の草が実をむすぶのだ。
その草のことを古くはニイバリといい、アキマチグサといい、トミクサともいった。
インドではウリヒ、ギリシャではオルザ、フランスやイタリヤではリッツといった。

アジヤの南では湿地に自生していた。
この島には、弥生《やよい》式の文化にともなって、中国を通ってきたという。
あるいは黒潮にのって、大スンダ列島を出てきたのでもあろう。
ぼくらは森林を焼きはらって火耕《かこう》の農をいとなんだあと、
しだいにこの種の北限をすすめてきた。
ぼくらの手がまだ鉄を鍛《きた》える前から、その生産の原形式はきまっていた。
それはアジヤの全域に共通していた。
そして、現代の手も、そのときのように畔をなでている。
機械はまだ泥《どろ》ふかい水の中にはいってこない。
山の傾斜を匐《は》いあがりもしない。
なぜ？　とそれは問われなければならない。

ぼくらは、
手がリーパーになっていることについて、
モーアに代っていることについて、
手が精密で器用であることについて、
精神も手になっていることについて、
葦原《あしはら》の葦より多い手の数について、
考えなければならぬ。
つくられた農機すら、赤く銹《さ》びて雨にさらされている。
それが、《みだりに手を殖《ふ》やすな》とさけんでいるのを
　知らなければならぬ。

真壁　仁（まかべ　じん）一九〇七〜一九八四
「日本の湿った風土について」より。詩集「街の百姓」他

＊

〔編者の言葉〕　あれは小学六年生のときだったろう

か。土曜日の午後、継母《けいぼ》にともなわれてその実家に行き、はじめて田植えというものをやった。「町の子どもにゃ、田植えなんかできめえ」と伯父《おじ》に言われて、なにくそ！と思い、どろ田に足をつっこんだ。

見よう見まねで半日やり、つぎの日は朝からがんばった。といっても、午後はただ田んぼにはいっているだけ、という状態だった。手首のすじがこわばり、足も腰も自分の意志どおりには動かなくなっていた。伯父のことばどおりになったわけだ。

いま、農家には機械がはいり、便利にはなった。しかし、買いこんだ農機具《のうきぐ》の代金をはらうためあくせく働き、農閑期《のうかんき》には出《で》稼《かせ》ぎにいって「便利」になり肉体的《にくたいてき》苦痛《くつう》をさけるようになった生活の後始末をしなければならぬ、という。また、支払いが終わるころ、もうその農機具はこわれてしまう、ともいう。

むかし、農民は田植えをして腰がいたくなると、背すじをのばして天を見、とんとんと腰をたたいた。いま、いったい農民たちは、天をあおぐゆとりがあるのだろうか。

解説

遠藤豊吉

一九三四（昭和九）年、東北地方が大凶作《だいきょうさく》におそわれたとき、農民のなかには娘を売って窮状《きゅうじょう》をきりぬけようとするものが続出した。当時、山形県の小学校に勤めていた歌人遠藤友介《えんどうともすけ》は、そのようすを目のあたりにして、

「ことしは　三〇エンで　たかぐうれだよ」となみだをのんで
子どもをうったはなしをするははおや　そのみだれがみに
まっしろいわらぼこり

とよみ（本文六ページ）、また、子守りに売られていく学童の姿を見て、

あすは　とほく　こもりにやられるといふ　おまへの
おほきいゴムぐつ　あめのなかをゆく　からかさかたむけ
さよなら　さよなら　さよなら

とよんだ。また『日本残酷物語《にほんざんこくものがたり》』（平凡社）第五部はこうも伝えている。

「昭和九年の四月、秋田県の南部から十三ないし十五歳《さい》の少女が、五か年二百円契約前借《けいやくぜんしゃく》百円ずつとしておよそ九十人募集《ぼしゅう》されたことがある。行先の工場は愛知県蒲郡《がまごおり》町にあって、白木綿大巾物《しろもめんおおはばもの》の織物工場。そこでの彼女らの生活は、

午前五時半から午後七時までの十四時間労働、さらに夕食がすんでから機械掃《そう》除《じ》や布の手入れをさせられて九時半か十時まで。食物は麦飯に味噌汁《みそしる》とたくわんだけ。夜はひとつ寝具に二人または三人ずつもぐりこむ。病人が続出しても医療《いりょう》が充分でなく、病人には座業《ざぎょう》を強制する。こうして死んだものは、九十人のうち同僚《どうりょう》女工の記憶にあるだけでも十人。遺骨《いこつ》は行李《こうり》につめこんで荷札で送り返されたものさえある……」

東北地方の農民は、この年急に貧窮《ひんきゅう》におそわれたのではない。日本の歴史のなかで、慢性的貧窮をなめつづけてきたのだ。幼年期を東北地方にすごしたわたしにとっても、この状況はけっして外側の風景ではなかった。

わたしの生母も糸とり女工だった。生母は農家の娘でもなく、また身売りさせられたわけでもなかったが、貧しい家の生計をささえるために、少女時代から十二〜十四時間の労働にたえねばならなかったという点は共通していた。生母の死後二年ほどして、継母《けいぼ》がやってきてわたしたち四人兄弟の母親になるのだが、この継母も近所の小さな糸とり工場にかよって家の生計をささえた。父親も懸命《けんめい》に働くのだが、町の金融機関《きんゆうきかん》がくれる給料では一家の生活が成り立たなかったのである。その継母も一九五〇年に死んだ。働きづめに働きとおし、戦中戦後をなりふりかまわず生き、そして燃えつきた、という感じだった。

生母の没年《ぼつねん》は三十三歳、継母のそれは四十三歳。この〝二人の母〟の没年をわたしの年令ははるかに越えた。わたしはいま、この年令になって、あらためて〝二人の母〟の生命をささえた〈仕事〉とは何であったか、を考えている。むろん、ここでわたしは〝二人の母〟の生きよう死にざまをいたずらに美化しようとは思わない。生母は小学校を出ただけ、継母は学校というところでものを学ぶということがまったくなかったから、社会科学的な知識などひとつも持ち合わせていなかった。だから、自分、あるいは自分の家と社会の関係や、自分の家の貧しさの意味について科学的に認識することができなかった。ただ貧しさに耐え、身を粉にして働けばいいのだ、という思いでひたすら働いたのである。働いて少しでもよけいなお金がとれれば、それでしあわせだ、と思った。しかし、この庶民《しょみん》のあわれさ、かなしさもふくめて、わたしは〝二人の母〟からわたしの生の方向における、またその内容における何か重要なものを学びとった、ということだけはのべておきたいと思う。

いま、多くの人たちは学ぶことに恵まれ、事実、自然や社会や人間についての知識を豊かに学びとっている。わたしの母親たちより、はるかにかしこくなり、社会は知的に豊かになった人びとで構成されている（はずである）。だが、今の開けた社会に生きる人びとが、貧しく無学だったわたしの母親たちよりも、人間の〈仕事〉についての認識を前進させているだろうか。

この巻におさめられた詩は、わたしにおけるこの疑問、この問いに直接は答えてはくれない。だが、わたしといっしょにその解答をつかみとるまでの道行《みちゆき》をともにしてくれることはたしかである。

●編著者略歴

遠藤《えんどう》　豊吉《とよきち》

1924年福島県に生まれる。福島師範学校卒業。1944年いわゆる学徒動員により太平洋戦争に従軍，戦争末期特別攻撃隊員としての生活をおくる。敗戦によって復員。以後教師生活をつづける。新日本文学会会員，日本作文の会会員，雑誌『ひと』編集委員。1997年逝去。

新版 日本の詩・9　しごと　NDC911　63p　20cm

2016年11月7日　新版第1刷発行

編著者　遠藤　豊吉

発行者　小峰　紀雄

発行所　株式会社 小峰書店

〒162-0066 東京都新宿区市谷台町4-15
電話 03-3357-3521(代)
FAX 03-3357-1027
http://www.komineshoten.co.jp/

印　刷　株式会社三秀舎
組　版　株式会社タイプアンドたいぽ
製　本　小高製本工業株式会社

ISBN978-4-338-30709-3

本書は、1978年3月25日に発行された『日本の詩・9　しごと』を増補改訂したものです。